Martin Ebbertz

Josef, der zu den Indianern will

Martin Ebbertz

Josef, der zu den Indianern will

Illustriert von Hans-Günther Döring

anrich

Einbandgestaltung und Illustration:
Hans-Günther Döring
Satz: Walter Hörner, Aachen
Druck, Bindung: Ebner Ulm
ISBN 3-89106-152-8

Inhaltsverzeichnis

Der Träumer

Ein Junge aus Österreich hieß Josef und wollte zu den Indianern.
Das kam so: An einem Montagmorgen klingelte der Wecker und weckte Josef auf. Josef hatte nämlich schon einen eigenen Wecker. Er hatte ein eigenes Zimmer, und er ging in die zweite Klasse.
Pünktlich um Viertel vor sieben klingelte der Wecker unangenehm laut. An der rechten Seite des Weckers war ein Schalter, den drückte Josef nach unten. Der Wecker hörte auf zu lärmen. „Noch ein paar Minuten", dachte Josef und drehte sich um. „Noch ein paar Minuten kann ich schlafen, und dann stehe ich auf."
Josef schlief wieder ein, und der Wecker blieb still, weil Josef den Schalter nach unten ge-

drückt hatte. Aber das nützte gar nichts. Plötzlich klopfte es laut an der Tür. Der Vater stand im Zimmer, um den Mund hatte er weißen Schaum. Das war Rasierseife, die sich der Vater jeden Morgen auf die Backen schmierte, um sich zu rasieren. „Josef!" sagte der Vater und fuhr sich mit der Hand über den Mund. Dann hatte er Schaum in der Hand und schnippte ihn sich ärgerlich von den Fingern. Jetzt hing ein kleines Schaumflöckchen an Vaters Schlafanzug.

„Josef!" sagte der Vater. „Es ist Zeit. Du mußt aufstehen." Josef knurrte wie ein kleiner Hund. „Ich steh ja auf", sagte er. Aber das Bett war weich und warm, Josef hatte keine Lust, es zu verlassen. Und kaum war der Vater wieder im Badezimmer, da war Josef noch einmal eingeschlafen.

Kurz darauf kam die Mutter ins Zimmer. „Josef", schimpfte sie, es klang böse. „Aufstehen! Es ist sieben Uhr!" Die Mutter hatte sich ein Handtuch um die nassen Haare gewickelt. Sie schaltete das große Licht an und blieb in der Türe stehen, bis sich Josef aus dem Bett erhoben hatte. „Beeil dich", sagte sie.

Josef aber hatte keine Eile.

„Ich will nicht in die Schule gehen", sagte er. „Ach was", sagte die Mutter und schüttelte den Kopf. „Natürlich gehst du in die Schule." Im Badezimmer stand Josef alleine vor dem großen Spiegel. Er wusch sich so, daß möglichst wenig Wasser sein Gesicht berührte. Er drückte sich aus der Tube etwas Zahnpasta auf die Fingerspitze. Damit malte Josef ein Männchen auf den Spiegel. Dem Männchen malte Josef eine Feder auf den Kopf. Jetzt war es ein Indianer. Dem Indianer malte er einen Speer und ein Pferd. Nun war es ein Büffeljäger. Dann zog Josef sich an und ging in die Küche. Auf dem Tisch stand eine heiße Schokolade mit einem Schuß Kaffee. Die Mutter hatte ihm ein Brot mit Marmelade geschmiert. „Jetzt sei vernünftig und beeil dich", sagte sie. „Papa und ich müssen zur Arbeit. Wir müssen uns auch beeilen."

Natürlich war Josef zu spät in die Schule gekommen. „Da kommt der Herr Josef", hatte der Lehrer gesagt, und die ganze Klasse hatte gelacht. ‚Herr Josef', so sagte der Lehrer nur, wenn er sich ärgerte. „Es ist jeden Morgen dasselbe", hatte der Lehrer geschimpft.

In der Stunde paßte Josef nicht recht auf und malte kleine Indianer in sein Rechenheft. Einen Häuptling mit vielen Federn, Büffeljäger und eine Herde Büffel. Vier Büffel hatte er schon gezeichnet, dann war es wie ein plötzlicher Windstoß, und der Lehrer hatte das Heft in der Hand. „Josef!“ sagte der Lehrer mit rotem Kopf und riß die Seite mit den Indianern und den Büffeln aus dem Schulheft. „Du bist ein furchtbarer Träumer! Du mußt aufpassen in der Schule. Du mußt rechnen lernen. Und schreiben. Und lesen.“
Josef sah mit gesenktem Kopf auf den Tisch. „Ich kann schon lesen“, sagte er leise.
„Ach“, schimpfte der Lehrer. „Du mußt noch viel lernen. Und du lernst nichts, wenn du nicht aufpaßt in der Schule. Ich werde mit deinen Eltern sprechen.“
Josef antwortete nicht, und dann versuchte er aufzupassen.
In der Pause lachten die anderen Kinder Josef aus. „Träumer!“ riefen sie. „Da kommt der Träumer!“
Josef hatte Tränen in den Augen. „Laßt mich in Ruhe“, sagte er. „Sonst hole ich meinen großen Bruder. Der zeigt es euch.“

Peter lachte und rief: „Er hat gar keinen großen Bruder! Das ist gelogen!" Peter war der schlimmste von allen. Wenn es den anderen langweilig geworden war, Josef zu ärgern, dann begann Peter von vorne.

Nach der Schule wartete Klaus am Ausgang des Schulhofes. Klaus war Josefs bester Freund. Aber auch Klaus hatte mit den anderen „Träumer" und „Lügner" gerufen.

„Warum hast du mich ausgelacht?" fragte Josef.

„Du hast wirklich gelogen", sagte Klaus. „Du hast gar keinen großen Bruder."

Sie gingen zusammen nach Hause. „Ich verrate dir ein Geheimnis", sagte Josef. „Kannst du schweigen?"

Klaus nickte.

„Großes Ehrenwort?" fragte Josef.

Wieder nickte Klaus und versicherte: „Großes Ehrenwort."

„Ich brauche keine Schule mehr", sagte Josef. „Ich gehe nämlich bald weg. Ich gehe zu den Indianern."

Klaus lachte. „Das geht doch gar nicht!" rief er.

„Wieso geht das nicht?" fragte Josef.

„Indianer gibt es nur im Fernsehen“, sagte Klaus.
„Doch“, sagte Josef. „Indianer gibt es.“
Sie waren in der kleinen Seitenstraße angekommen, in der Klaus und Josef wohnten.
„Willst du mitkommen?“ fragte Josef.
„Wohin?“ fragte Klaus.
„Zu den Indianern“, sagte Josef.
Klaus zögerte, und dann schüttelte er den Kopf. „Nein.“ Er lachte. „Das geht doch nicht.“
Klaus ging die Treppe zu seinem Haus hinauf, und ein bißchen ärgerte sich Josef, daß er ihm sein Geheimnis verraten hatte.

Die Mutter hatte auf ihrem Heimweg von der Arbeit den Lehrer getroffen. In der kleinen Stadt kannte jeder jeden. „Was ist nur los mit dir?“ fragte sie Josef beim Mittagessen. „Warum paßt du nicht auf in der Schule?“
Josef antwortete nicht und kaute vor sich hin.
„Und den Spiegel im Badezimmer hast du mit Zahnpasta beschmiert“, schimpfte die Mutter.
Der Vater schwieg nur.
Nach dem Essen stand Josef auf. „Ich will nicht in die Schule gehen“, sagte er plötzlich.

„Ich brauche keinen Beruf zu lernen. Ich gehe nämlich zu den Indianern. So ist das nämlich."
Die Eltern sahen sich erstaunt an.
„Das ist sehr unvernünftig", sagte der Vater.
„Mach doch erst mal die Schule fertig", sagte die Mutter. „Für die Indianer ist dann noch Zeit genug."
„Nein", sagte Josef. „Ich brauche keine Schule. Ich gehe zu den Indianern. Dann werde ich auf wilden Pferden reiten und Büffel jagen. Dafür braucht man keine Mathematik."
Der Vater zündete sich eine Zigarette an und dachte nach.
„Das denkst du so", sagte er dann. „Stell dir vor, du lebst in einem Stamm von hundertzwanzig Indianern. Jeder Indianer braucht im Jahr drei Büffel. Im Stamm gibt es zwanzig Büffeljäger. Wieviele Büffel muß jeder Büffeljäger fangen?"
„Weiß ich nicht", sagte Josef trotzig. „Ich werde Büffeljäger. Rechnen kann der Häuptling."
„Dann kannst du niemals Häuptling werden", sagte die Mutter besorgt.
Aber alles Reden half nichts.
„Trotzdem", sagte Josef.

„In Österreich gibt es keine Indianer", sagte die Mutter.
„In Deutschland gibt es auch keine Indianer", sagte der Vater.
„In ganz Europa gibt es keine Indianer", sagte die Mutter.
„Die Indianer wohnen sehr weit weg", erklärte der Vater. „In Amerika."
Auch das nützte nichts.
„Trotzdem", sagte Josef. „Dann gehe ich eben nach Amerika."
Da sagte der Vater: „Nein."
Und die Mutter sagte: „Nein."
Und der Vater sagte: „Das erlauben wir nicht."
Und die Mutter sagte: „Erst machst du die Schule fertig."
Josef antwortete nicht. Wortlos ging er hinauf in sein Zimmer. So ist es immer, dachte Josef. Wenn ihnen nichts mehr einfällt, dann sagen sie, sie erlauben es nicht. Er setzte sich an seinen Schreibtisch und zeichnete viele Indianer in sein Rechenheft. Jedem Indianer gab er einen Namen, und einer dieser Indianer hieß Josef. Denn von den Indianern zu träumen – das konnte Josef niemand verbieten.

Klimpernde Hosentaschen

Mehr als eine Stunde hat Josef am Schreibtisch gesessen. Aber Hausaufgaben hat er nicht gemacht, nur Indianer hat er in sein Rechenheft gezeichnet, und dann hat er bloß dagesessen und in die Luft geguckt.
Plötzlich aber stand Josef auf. Er ging zum Bett. Über dem Bett hing ein kleines Bücherregal. Im Regal standen Josefs wichtigste Sachen. Acht Geschichten-Bücher, ein Eisenbahn-Bilderbuch und ein Indianer-Bilderbuch. Daneben lag ein merkwürdiger Stein, der rötlich glänzte und den Josef auf einer Wanderung in den Ferien gefunden hatte. In der Mitte des Regals lag eine große Indianerfeder. In Wirklichkeit war es eine Fasanenfeder. Auf der rechten Hälfte des Regals standen

ein blaues Sparschwein und ein Modellbauschiff, das Josef selbst gebastelt hatte.
Josef nahm das Sparschwein herunter und rüttelte es in der Hand. Er stellte sich auf das Bett, hielt das Schwein hoch in die Luft, und dann ließ er es auf den Boden fallen. Mit einem großen Krach zerschepperte es in viele Teile, und zwischen den Scherben lagen kleine Münzen auf dem Boden. Sogar ein Geldschein von 100 Schilling war dabei. Josef nahm den Schein, sammelte die Münzen auf und steckte das Geld in seine Hosentaschen. Die Scherben suchte er auf, so gut es ging. Die warf Josef in den Papierkorb.
Mit klimpernden Hosentaschen ging Josef hinunter ins Wohnzimmer. Die Eltern waren schon weg zur Arbeit. Sie arbeiteten beide, und darum mußte Josef ein wenig im Haushalt helfen. An jedem Mittag legte die Mutter einen Zettel auf den Wohnzimmertisch, und auf dem Zettel stand geschrieben, was Josef zu erledigen hatte, damit er nichts vergaß.
An diesem Tag stand auf dem Zettel:
Bäckerei: ein großes Mischbrot.
Metzger: ein halbes Pfund gemischten Aufschnitt.
Bringst Du bitte das Altpapier zum Container.

Josef steckte den Zettel in die Hosentasche und ging zu dem Globus, der auf der Kommode stand. Ein Globus ist eine Kugel, auf der alle Länder aufgemalt sind. Der Vater hatte Josef einmal erklärt, wie man Österreich findet. Das ist nicht leicht. Österreich ist ein kleines Land, auf dem Globus ist es nur ein winziger Fleck. Josef drehte langsam die Kugel und las die vielen Namen. Zuerst entdeckte er Amerika, und dann fand er auch Österreich. Beide lagen weit auseinander, und es gab viel Blau dazwischen. Wo es auf dem Globus blau ist, da ist in Wirklichkeit Wasser.
Josef ging in die Küche. Auf einem Schemel lagen die alten Zeitungen, die er in den Container bringen sollte. Es war ein großer Stoß Zeitungen. Es waren so viele, daß er zweimal hätte gehen müssen, und darum mogelte Josef ein bißchen. Die erste Hälfte der Zeitungen trug er hinunter und warf sie in den Mülleimer. Er versteckte sie unter dem anderen Müll, damit es nicht auffiel. Denn eigentlich sollte man kein Papier in den Mülleimer werfen. Dann ging Josef wieder hinauf und nahm die zweite Hälfte der Zeitungen. Die trug er nun wirklich zum Papiercontainer, denn zuviel

NORD-
AMERIKA
AFRIKA
SÜD-
AMERIKA
ANTARKTIS

mogeln wollte er auch nicht. Der Container war auf einem großen Parkplatz.
Der Schlitz, in den man die Zeitungen hineinstecken mußte, war so hoch, daß Josef nicht heranreichte.
Josef ging zu einer Frau, die in der Nähe stand. „Entschuldigung", sagte Josef höflich. „Können Sie mir helfen?"
„Natürlich", antwortete die Frau und lachte Josef an. Sie nahm ihm die Zeitungen aus der Hand und steckte sie in den Schlitz des Containers.
Josef bedankte sich. Er ging zum Bäcker und kaufte ein großes Mischbrot, und beim Metzger kaufte er ein halbes Pfund gemischten Aufschnitt.
„Darf's ein bißchen mehr sein?" fragte der Metzger, das fragte er immer.
„Ja", sagte Josef. „Das macht nichts."
Auf dem Heimweg begegnete ihm sein bester Freund Klaus.
„Hallo", sagte Klaus. „Was sollen wir spielen?"
„Ich muß nach Hause", antwortete Josef.
„Hast du die Hausaufgaben noch nicht gemacht?" fragte Klaus.

Josef zeigte auf das Brot und den Aufschnitt. „Das muß ich heimbringen", sagte er. „Und die Hausaufgaben mache ich nicht."
Klaus sah ihn ganz verwundert an.
„Ich gehe nicht mehr zur Schule", erklärte Josef.
„Du spinnst", sagte Klaus. „Das glaube ich nicht."
„Wirklich", antwortete Josef. „Es ist wahr. Du wirst schon sehen."
Klaus ging mit Josef nach Hause und wartete vor der Haustür. Josef legte den Aufschnitt in den Kühlschrank und das Brot in den Vorratsschrank. Dann liefen die beiden Jungen zum Parkplatz.
Dort spielten sie Fußball, und die Münzen klimperten in Josefs Taschen.

Zum Abendessen gab es Brot, Aufschnitt und Käse.
„Hast du deine Hausaufgaben gemacht?" fragte der Vater. „Zeig mir mal dein Heft."
Josef holte das Rechenheft und legte es auf den Eßtisch. Der Vater machte sich mit einer Serviette die Finger sauber. Er blätterte in dem Heft. „Was ist das?" schimpfte er. „Alles hast

du vollgekritzelt. Und wo sind deine Aufgaben für morgen?" Vater schickte Josef hinauf in sein Zimmer. Josef mußte ein neues Heft beginnen und darin die Hausaufgaben machen. Der Vater sah die Hausaufgaben nach, und dann mußte Josef ins Bett.

Josef las nicht mehr. Er machte gleich das Licht aus, aber er blieb wach im Bett liegen. Er hörte die Stimmen der Eltern. Sie sprachen sehr laut. Wahrscheinlich zankten sie sich ein bißchen.

Einige Zeit später hörte Josef Schritte. Ganz leise öffnete sich seine Zimmertür. Die Mutter sah herein. Josef versuchte, ganz leise und gleichmäßig zu atmen, so, als ob er schliefe. Die Mutter schloß die Türe, und dann wurde es ganz still.

Mitten in der Nacht stand Josef auf. Er nahm die Indianerfeder und das Indianer-Bilderbuch vom Bücherregal und steckte beides in den Schulranzen. Er nahm das Rechenbuch und das Lesebuch aus dem Schulranzen heraus und legte sie auf den Nachttisch. Er zog sich leise an. Die Münzen in seiner Hosentasche klimperten ein wenig. Er zog sich den

Mantel an. Er ging in die Küche und nahm einen halben Laib Mischbrot aus dem Vorratsschrank, etwas Aufschnitt, eine große Wurst und ein Stück Käse aus dem Kühlschrank. Er verstaute die Sachen in seiner Schultasche und ging aus dem Haus.
Draußen wehte ein leichter Wind. Es war schon Sommer, aber in der Nacht wurde es doch ein wenig kühl. Es war fast ganz dunkel, nur der silberne Halbmond schimmerte ab und zu hinter einer Wolke hervor. Weit und breit war kein Mensch zu sehen. Sogar die Laternen waren ausgeschaltet.
„Auf Wiedersehen", sagte Josef leise und drehte sich um. Er ging an dem Haus vorbei, in dem Klaus wohnte und flüsterte: „Auf Wiedersehen, Klaus."

Josef ging mit ganz schnellen Schritten, so wurde ihm bald wärmer. Er ging zur Hauptstraße. Sie war heller, denn hier leuchteten die Laternen die ganze Nacht. Ein Auto fuhr vorbei. Rasch versteckte sich Josef in einem Hauseingang, damit er nicht gesehen wurde.
Josef ging weiter, immer die Hauptstraße entlang. Er ging an einem Supermarkt und an ei-

ner Tankstelle vorbei. An einer Ampel wartete er artig auf grün, obwohl nirgends ein Auto zu sehen war. Hinter der Ampel war noch eine Tankstelle, hinter der Tankstelle war ein Schrottplatz, hinter dem Schrottplatz war ein Feld und hinter dem Feld war ein Wald. Ein kleiner Weg führte von der Hauptstraße in den Wald hinein.

Im Wald war es noch dunkler als in Josefs Straße. Das Laub der Bäume verdeckte den Mond und ließ fast keinen Lichtstrahl herunterdringen. Bei jedem Schritt knackte und raschelte es unter Josefs Füßen. Die Vögel sangen nicht so, wie sie am Tag singen, sie machten seltsame Geräusche. Manchmal streiften Äste Josefs Gesicht. Ein wenig war es ihm unheimlich. Josef ging ganz schnell, die ganze Nacht durch. Er dachte sich, daß es für einen Indianer bestimmt nichts Ungewöhnliches war, nachts durch einen Wald zu gehen. Bei dem Gedanken hatte er gleich etwas weniger Angst. Aber er war dann doch froh, als es endlich hell wurde.

Und dann wurde Josef plötzlich sehr müde.

Das war kein Wunder, denn er hatte ja die ganze Nacht nicht geschlafen.

Als die Sonne schon über den Bäumen stand und es warm zu werden begann, da entdeckte Josef am Waldrand ein leeres Haus. Es war ein sehr altes Haus, und an einigen Stellen hatte es Löcher im Dach. Die Türe war so groß wie ein Garagentor. Sie war aus Holz und etwas morsch. Sie war nicht abgeschlossen, und mit lautem Knarren zog Josef sie auf. Ein kleiner Splitter bohrte sich in Josefs Daumen. Josef saugte so lange mit den Zähnen an seinem Daumen, bis der Splitter wieder herauskam.
In dem Haus war es ganz leer, nur ein wenig Stroh lag auf dem Boden. Es war wohl eine alte Scheune. Josef kehrte mit den Füßen das Stroh zu einer Art Bett zusammen. Dann stellte er den Schulranzen ab und legte sich hin. Mit dem Mantel deckte er sich zu.
Josef schlief sofort ein.

Eine Feder als Pfand

Josef schlief ganz fest. Josef träumte. Er träumte, daß er zu Hause in seinem Bett lag. Der Vater kam ins Zimmer und hatte weißen Rasierschaum um den Mund. „Aufstehen!“ sagte der Vater. „Noch ein paar Minuten“, murmelte Josef und drehte sich auf die Seite.
Jemand rüttelte an seiner Schulter.
„Aufstehen!“ sagte die Stimme wieder.
Das war kein Traum.
„Heh du!“ rief die Stimme.
Josef blinzelte. Erst öffnete sich sein linkes Auge, dann öffnete sich sein rechtes Auge. Josef stützte sich auf die Arme und sah sich um.
Neben Josefs Strohlager standen ein Junge und ein Mädchen. Das Mädchen war etwa so groß wie Josef, der Junge etwas kleiner. „Heh

du“, sagte das Mädchen. „Was machst du hier?“
„Ich habe geschlafen“, sagte Josef.
Der Junge lachte. „Das haben wir gemerkt. Du hast geschlafen wie ein Murmentier.“
„Murmeltier heißt das“, wies ihn das Mädchen zurecht.
„Murmeltier“, wiederholte der Junge.
„Ich heiße Christa“, erklärte das Mädchen. „Und mein Bruder heißt Paul.“
Josef stand auf. „Ich bin Josef“, sagte er. „Wohnt ihr hier?“
„Quatsch!“ rief Christa. „Doch nicht in der Scheune. Hier ist nur unser Versteck.“
Der Junge, der Paul hieß, zog aus seiner Hosentasche ein Plastikmesser. „Schneiden wir ihm jetzt die Zunge ab?“ fragte er seine Schwester.
„Was?“ fragte Josef ängstlich.
„Hier trifft sich nämlich unsere Bande“, erklärte Paul und machte eine wichtige Miene. „Wir müssen dir die Zunge abschneiden. Wer uns verrät, dem schneiden wir die Zunge ab.“
„Ich verrate euch nicht“, sagte Josef.
„Bisher haben wir noch niemandem die Zunge abgeschnitten“, beruhigte ihn Christa.

„Ich verrate trotzdem nichts“, sagte Josef. „Aber ihr dürft mich auch nicht verraten.“
„Wieso?“ fragte Christa aufmerksam.
Aber Josef antwortete nicht. Er scharrte mit den Füßen im Stroh. „Ist hier eigentlich immer noch Österreich?“ fragte er.
„Natürlich“, sagte Christa. „Aber wieso willst du, daß wir dich nicht verraten?“
„Es ist ein Geheimnis“, erklärte Josef. „Ihr dürft keinem Menschen etwas sagen. Ich gehe nämlich zu den Indianern.“
„Ganz alleine?“ fragte Paul.
„Das geht doch gar nicht“, sagte Christa. „In Österreich gibt es gar keine Indianer.“
„Weiß ich selber“, antwortete Josef. „Ich gehe nach Amerika.“
Er nahm seinen Schulranzen und wollte ihn sich auf den Rücken schnallen. „Verratet ihr mich nicht?“ fragte er.
„Wenn du uns auch nicht verrätst“, sagte Christa und überlegte. „Du mußt uns ein Pfand geben.“
Josef machte die Schultasche auf und suchte in seinen Sachen. „Viel habe ich nicht“, sagte er und nahm die Indianerfeder aus der Tasche. „Hier.“

„Das ist eine ganz gewöhnliche Feder“, sagte Christa.
Josef schüttelte den Kopf. „Es ist eine Indianerfeder.“
Christa nahm die Feder und sagte mit sehr ernster Stimme: „Wir verraten dich nicht.“
Josef setzte die Schultasche auf und ging aus dem Scheunentor hinaus ins Freie.
„Du mußt aufpassen“, sagte Christa. „Vor einer Woche waren Zigeuner hier. Die stehlen, und sie entführen Kinder.“

Josef ging weiter. Als er sich umsah, standen Christa und Paul immer noch vor dem Scheunentor und sahen ihm nach. Dann führte der Weg über einen Hügel, und die Scheune war nicht mehr zu sehen. Hier war der Wald nicht mehr so dicht, es gab Felder und Wiesen.
Auf einer Weide waren viele Kühe. Josef blieb am Weidezaun stehen, und alle Kühe kamen auf ihn zu und versammelten sich auf der anderen Seite des Zauns wie Schüler vor ihrem Lehrer.
„Grüß Gott, ihr Kühe“, sagte Josef. „Ihr habt Glück, daß ihr keine Büffel seid. Sonst müßte ich euch nämlich fangen.“

Die Kühe starrten Josef ungläubig an, und die, die in der letzten Reihe standen, kamen noch ein wenig näher.
„Jetzt machen wir Rechnen“, sagte Josef. „Wieviel ist zehn mal zehn?“
Eine Kuh machte „muh“, die anderen sagten gar nichts.
„Ihr müßt aufpassen in der Schule“, sagte Josef. „Ihr müßt rechnen lernen. Sonst bleibt ihr immer dumme Kühe.“

Am späten Nachmittag hatte Josef Hunger. Er setzte sich auf einen Stein und nahm Brot und Aufschnitt aus seiner Tasche. Weil er kein Messer hatte, mußte er mit der Hand kleine Stücke aus dem Brot reißen, die sich nicht richtig belegen ließen. Darum aß Josef nicht sehr fein. Er biß abwechselnd in die Scheibe Aufschnitt in der linken Hand und in das Stück Brot in der rechten Hand.
Auf einmal stand ein kleiner Hund direkt vor Josef und sah ihn mit großen, traurigen Augen an. Der Hund hatte spitze Ohren und ein graugelbes Fell. Er war ziemlich schmutzig. An manchen Stellen hingen kleine Zweige in seinen Haaren, und an anderen Stellen hatte

er überhaupt keine Haare. Er wedelte mit seinem Stummelschwanz. Das heißt, genaugenommen wedelte er nicht wirklich, sondern bewegte ein wenig sein Hinterteil.
„Bestimmt hast du Hunger“, sagte Josef. Er hielt dem Hund seine letzte Scheibe Aufschnitt hin. „Nimm ruhig“, sagte er. „Ich habe noch Wurst und Käse in der Tasche.“
Das ließ der Hund sich nicht zweimal sagen. Er schnappte gierig nach der Wurst.
„Wie heißt du?“ fragte Josef.
Der Hund wedelte nur mit dem Hintern, und da sagte Josef: „Du siehst aus, als würdest du Otto heißen.“ Er streichelte den Hund am Kopf. „Du hinkst ja, du armer Kerl. Was hast du denn gemacht?“
Otto machte große Augen.
„Du bist Otto, der Hinkehund“, erklärte Josef.
Otto wedelte eifrig mit dem Stummelschwanz.
Mit dem Hund hatte Josef einen treuen Begleiter gefunden. Als Josef nach dem Essen aufstand und sich wieder auf den Weg machte, da folgte ihm Otto im Abstand von einigen Metern.
„Hast du kein Zuhause?“ fragte Josef.
Otto legte die Ohren an.

Josef streichelte ihn. „Weißt du", sagte er, „ich gehe zu den Indianern. Ich weiß nicht, ob sie dich da brauchen können. Ich habe noch nie Indianer mit Hunden gesehen." Josef nahm aus seiner Schultasche das Indianer-Bilderbuch heraus und zeigte Otto die Bilder. „Hier", sagte Josef. „Das ist ein Häuptling. Und das ist ein Büffeljäger. Aber Hunde sind keine dabei."
Otto wedelte mit seinem Stummelschwanz, so kräftig es ging.
„Komm erst mal mit", sagte Josef.

Als es dunkel geworden war, suchte Josef nach einem Platz zum Schlafen. Die Landstraße hatte ihn durch zwei Dörfer geführt, aber da konnte er nicht gut übernachten, das wäre sicher aufgefallen.

An der rechten Seite der Landstraße führte ein Straßengraben entlang. Die Sonne hatte ihn ganz ausgetrocknet. Josef legte sich in den Straßengraben, und Otto legte sich in seine Nähe.
„Hier findet uns niemand", sagte Josef.
Nur mit seinem Mantel zugedeckt, wurde es

Josef bald kühl. Er kuschelte sich ganz nahe an Otto heran. Dann ließen die Mücken ihn nicht einschlafen. Sie summten um Josefs Gesicht herum. Sie stachen. Josef schlug sich mit der Hand auf die Backe. Da summten sie wieder um ihn herum. Dann stachen sie wieder. Das Summen war fast noch gemeiner als das Stechen, denn so ließen sie Josef keine Ruhe. Josef zog sich Hemd und Unterhemd aus. Das Hemd zog er wieder an, das Unterhemd zog er sich über das Gesicht. So war er wenigstens dort vor den aufdringlichen Mücken geschützt. Endlich schlief er ein.

Die Frau mit den zwei Mänteln

Nach dieser Nacht brauchte Josef keinen Wekker. Schon vor Sonnenaufgang wachte er auf und zitterte vor Kälte. Jede Bewegung tat weh. Josefs Knochen waren ganz steif geworden. Sein Gesicht war ganz zerstochen von den Mücken.

Der Straßengraben war über Nacht naß geworden, obwohl es nicht geregnet hatte.

Die nächsten Stunden kamen Josef unendlich lang vor. Es war ein kühler Morgen. Leichter Dunst lag auf der Straße. Unter dem Mantel spürte Josef sein feuchtes Hemd.

Erst als die Sonne höher stand, wurde es besser. Es wurde sehr warm, und nun trockneten Josefs Sachen schnell.

Jetzt erinnerte nur noch das Jucken im Gesicht an die ungemütliche Nacht.
„Im Freien kann man nicht gut schlafen", erklärte Josef, und Otto hörte aufmerksam zu. „Die Indianer haben Zelte. Damit geht es besser."

Die Landstraße führte auf eine breite Straße, und die breite Straße führte auf eine noch breitere Straße, auf der viele Autos fuhren. Das machte Josef zuerst Sorgen. Aber die Autos kümmerten sich nicht um den Jungen, sie rasten vorbei, ohne ihn zu beachten.
Die große Straße führte in eine Stadt. Es war eine große Stadt. Zumindest war sie größer als die Stadt, in der Josef wohnte. Die Straßen waren breiter, und die Häuser waren höher. Eigentlich sah die Stadt kaum anders aus als Josefs Stadt – nur daß eben alles ein bißchen größer war.
„Hab keine Angst", sagte Josef zu Otto. „In einer Stadt gibt es viele Jungen und viele Hunde. Da fallen wir nicht auf."
Josef entdeckte eine Bäckerei und kaufte ein großes Mischbrot, denn er hatte schon sein ganzes Brot aufgegessen. In einer Metzgerei

kaufte er einen Ring Fleischwurst. Dafür brauchte er fast alle Münzen aus seiner Hosentasche. Nun hatte er nur noch ein paar Münzen und seinen 100-Schilling-Schein.
Zum Essen setzte sich Josef auf eine Bank. Er gab auch Otto etwas Brot, Käse und Wurst.
„Wir müssen sparen", sagte Josef und aß das letzte Stück Käse. „Die Fleischwurst hat 75 Schilling gekostet, und wir haben nur noch 100 Schilling."
Trotzdem jaulte Otto ein bißchen und sah hungrig auf die Wurst.
„Also gut", sagte Josef. „Noch ein ganz kleines Stück. Aber mit Brot."
Neben Josefs Bank stand noch eine Bank, auf der saß eine alte Frau. Obwohl es sehr warm war, hatte sie einen dicken Mantel an. Sie saß auf einem zweiten Mantel, den sie auf die Bank gelegt hatte.
„Guck mal", flüsterte Josef Otto ins Ohr. „Die Frau hat zwei Mäntel. Das ist sehr praktisch, wenn man draußen schlafen muß."
Die Frau trank aus einer großen Weinflasche, und Josef beobachtete sie.
„Was guckst du so?" fragte die Frau.
„Schlafen Sie nachts draußen?" fragte Josef.

„Warum?“
„Weil Sie zwei Mäntel haben.“
Die Frau lachte. „Du kennst dich aus.“
Sie stand auf und bot Josef die Weinflasche an.
„Nein danke“, sagte Josef. „Lieber nicht.“
„Hast recht“, brummte die Frau. „Das ist nichts für Kinder. Was machst du eigentlich hier?“
Josef wurde ganz rot im Gesicht. „Ich – ich warte auf meine Eltern.“ Er zögerte. „Sie sind einkaufen.“
Die Frau schien ihm zu glauben.
„Ist das dein Hund?“
Josef nickte.
„Wie heißt er?“
„Otto“, sagte Josef. „Otto, der Hinkehund. Er hinkt nämlich.“
„Das ist ein schöner Name“, sagte die Frau und setzte sich.
Die Frau erzählte.
„Ich bin schon überall gewesen“, sagte sie.
„Waren Sie auch schon in Amerika?“ fragte Josef.
„Nein“, antwortete sie. „In Amerika war ich noch nicht.“
„Dann waren Sie noch nicht überall.“

DER
REITER

„Aber ich war schon in Deutschland“, sagte die Frau. „Und sogar in Italien.“

„Und was ist hier?“ fragte Josef. „Ist hier immer noch Österreich?“

Die Frau lachte. „Was denkst du! Natürlich ist hier Österreich.“ Sie trank einen großen Schluck Wein. „Du hast gelogen“, sagte sie plötzlich. „Du wartest gar nicht auf deine Eltern. Du bist ausgerissen. Stimmt's?“

Erst wollte Josef ‚nein‘ sagen, aber dann nickte er ängstlich mit dem Kopf. „Werden Sie mich jetzt verraten?“ fragte er.

„Mir ist es egal“, sagte die Frau. „Du kannst machen, was du willst. Mich geht es nichts an.“ Sie dachte nach. „Deine Eltern sind streng?“ fragte sie.

„Nicht so sehr“, antwortete Josef. „Es geht. Aber sie wollen, daß ich die Schule fertig mache.“

„Das kenne ich“, sagte die Frau. „Es ist immer dasselbe.“ Sie nahm wieder einen großen Schluck Wein, dann lachte sie und zeigte auf die Flasche: „Mein bester Freund.“

Es war Abend geworden. Die Geschäfte hatten schon geschlossen. Auf den Straßen wurde es

leerer. Die Frau stand auf und zog sich den zweiten Mantel über den ersten. Sie steckte ihre Flasche in eine große Plastiktüte. „Komm mit“, sagte sie zu Josef. „Du kannst bei mir übernachten.“
„Und Otto?“ fragte Josef.
„Der Hund natürlich auch“, sagte die Frau.
Plötzlich zögerte Josef. „Ich darf nicht mit fremden Leuten gehen“, sagte er.
„Du darfst auch nicht von Zuhause ausreißen“, sagte die Frau. „Aber mich geht es nichts an.“

Die Frau hatte gar keine richtige Wohnung. Sie wohnte unter einer Brücke. „Hier ist es“, sagte sie. „Hier bin ich zu Hause. Es ist trokken. Die Brücke ist ein gutes Dach.“ Aus ihrer Plastiktüte nahm sie eine dicke Zeitung und breitete die Blätter in mehreren Lagen auf dem Boden aus. „Hast du gar keine Zeitung?“ fragte sie Josef. „Man braucht eine Zeitung, wenn man im Freien schläft.“
„Ich weiß“, sagte Josef. „Sonst wird man am Rücken ganz naß.“
„Du bist ein kluger Junge“, sagte die Frau. Sie gab Josef die Hälfte ihrer Zeitung.

Josef machte es wie sie. Als er auch Otto ein Stück Zeitung geben wollte, wurde die Frau plötzlich böse. „Laß das“, sagte sie. „Der Hund braucht keine Zeitung.“

Die Frau bückte sich und hob eine halb abgebrannte Zigarette auf. „Was die Leute alles wegwerfen“, sagte sie. „Sie rauchen ihre Zigaretten nicht zu Ende, und dann werfen sie sie weg.“ Sie lachte. „Zum Glück.“ Und sie zündete sich den Stummel an.

„Sind Sie sehr arm?“ fragte Josef.

„Es geht“, sagte die Frau. „Es gibt ärmere Leute.“

Als der Zigarettenstummel ganz abgebrannt war, warf die Frau ihn wieder auf den Boden und legte sich schlafen. Josef zog sich wie in der Nacht zuvor das Unterhemd über den Kopf. Dann legte auch er sich auf die Zeitung. Er schlief in dieser Nacht besser, aber kalt war es doch.

Als Josef am nächsten Morgen aufwachte, war die Frau noch tief am schlafen. Sie schnarchte leise. Josef faltete die Zeitung ordentlich zusammen und legte sie neben die Frau. Dann stieg er über eine kleine Treppe auf die Straße.

In der Nähe der Brücke war ein Tabakgeschäft. Josef ging hinein, und Otto wartete vor der Tür.
Der Tabakhändler las Zeitung. „Bitte?“ fragte er ohne aufzusehen.
„Ein kleines Päckchen Zigaretten“, sagte Josef. „Das billigste.“
Nun sah der Tabakhändler Josef an. „Du bist zu klein“, sagte er. „Ich verkaufe keine Zigaretten an Kinder.“
„Es ist ein Geschenk“, sagte Josef.
„Hmm“, brummte der Mann. Dann nahm er ein Päckchen aus dem Regal. „Zwanzig Schilling“, sagte er. „Es ist die billigste Marke.“
Josef biß sich auf die Lippen. Zwanzig Schilling - dafür reichten seine Münzen nicht mehr, und den Geldschein wollte er nicht anbrechen. Der war nur für den Notfall. „Und was kostet eine Zigarette?“
Der Mann grinste. „Einzelne Zigaretten verkaufe ich nicht.“
Josef kämpfte mit sich selbst. Er ging zur Ladentür.
„Warte“, sagte der Mann. Er zog ein angebrochenes Päckchen Zigaretten aus seiner Hemdtasche und nahm eine Zigarette heraus. „Macht

einen Schilling", sagte er. „Da hast du sogar ein paar Groschen gespart. Es ist eine teure Sorte."

Josef ging zurück unter die Brücke. Die Frau war inzwischen aufgewacht. „Hier", sagte Josef und überreichte ihr die Zigarette. „Für Sie. Es ist eine gute Sorte."

Die Frau nahm eine alte Zigarettenschachtel aus ihrer Manteltasche und legte die Zigarette hinein.

„Jetzt muß ich weiter", sagte Josef. „Ich muß noch weit gehen. Ich muß nämlich nach Amerika." Er ging die Treppe hinauf, und Otto folgte ihm.

„Nach Amerika!" rief die Frau ihnen spöttisch nach. „Da möchte ich auch mal hin."

„Schön", sagte Josef. „Dann sehen wir uns vielleicht wieder."

Brot genug

An einer Straßenkreuzung stand ein großer Papiercontainer. Josef wollte sich eine Zeitung herausfischen. Er stellte sich auf die Zehenspitzen, um mit der Hand in den Schlitz zu gelangen. Aber er war zu klein. Josef sah sich suchend um. In der Nähe stand ein Mann und wartete darauf, daß die Ampel grün wurde.
„Können Sie mir helfen?“ fragte Josef.
„Was kann ich für dich tun?“ fragte der Mann.
„Ich bin zu klein“, sagte Josef. „Können Sie mir eine Zeitung aus dem Papiercontainer herausholen?“
Der Mann sah ihn überrascht an. „Herausholen? Wieso herausholen?“
Josef fiel keine gute Antwort ein, und da wur-

de es grün, der Mann mußte über die Straße gehen.
Von gegenüber kam ein anderer Mann, und auch den fragte Josef.
„Was willst du mit einer alten Zeitung?“ fragte der Mann.
„Ich muß etwas einpacken“, log Josef. Da ging der Mann zum Container und angelte zwei Zeitungen heraus.
Mit den Zeitungen in der Schultasche ging Josef weiter. Er wußte nicht, welche Richtung die beste war, also versuchte er immer geradeaus zu gehen, damit er aus der Stadt herauskam. Aber die Stadt war wirklich sehr groß, und gegen Mittag war er immer noch in der Stadt.
Plötzlich lief Otto über die Straße. Auf der anderen Seite stand ein grüner Lieferwagen, die hintere Tür war offen, und da sprang Otto hinein.
„Otto!“ rief Josef. „Komm her, du Hinkehund!“
Aber da war es schon zu spät. Ein Mann hatte die Türe des Lieferwagens zugeschlagen. Josef wartete, bis die Straße frei war, und dann lief er hinüber. Der Mann saß schon am Lenkrad des Wagens. Josef klopfte an die Scheibe. Der

Fahrer machte die Türe auf. „Was willst du?“ fragte er.
„Mein Hund“, sagte Josef. „Otto ist in Ihren Wagen gesprungen.“
„Verdammt noch mal!“ schimpfte der Mann und kam aus dem Wagen. Er öffnete die hintere Tür und Otto sprang heraus mit einem ganzen Laib Brot im Maul. Der Wagen war nämlich der Lieferwagen von einer Bäckerei.
„Du verdammtes Biest“, schrie der Mann und gab Otto einen Fußtritt. „Das werdet ihr büßen“, sagte der Mann. „Ich gehe zur Polizei mit euch. Deine Eltern müssen den Schaden ersetzen.“
„Nein“, flehte Josef. „Nicht zur Polizei.“
„Das verdammte Biest“, schimpfte der Mann noch einmal.
„Komm“, sagte Josef zu Otto. Sie liefen so schnell sie konnten.
Der Mann verfolgte sie nicht. „Macht, daß ihr verschwindet“, rief er ihnen nach. „Oder ich lasse den Köter einschläfern.“
Drei Straßen weiter hatte Josef keine Puste mehr. Er blieb stehen, japste nach Luft und sah sich um. Otto hatte das Brot die ganze Zeit fest im Maul gehalten.

„Brot haben wir jetzt genug", stellte Josef fest. Er strich Otto mit der Hand über den Kopf. „Hast du das gehört", sagte er empört. „Der Mann wollte dich einschläfern lassen. So nennt man es, wenn man Tiere tötet." Josef nahm Otto das Brot aus dem Maul, Otto ließ es sich widerstandslos abnehmen. „Du dummer Hund", sagte Josef und steckte das Brot in seine Schultasche. „Man darf nicht stehlen."

Plötzlich merkte Josef, daß er Otto sehr gern hatte. „Du bist mein bester Freund", sagte er. „Außer vielleicht Klaus. Aber bei Klaus weiß man es nicht immer genau." Josef blieb stehen und sah in Ottos große Augen. „Du darfst nie weggehen", sagte Josef. „Hörst du, Freunde müssen immer zusammenbleiben. Nie darfst du weggehen, nie, nie. Das mußt du schwören." Leider konnte Otto nicht richtig sprechen, und darum wußte Josef nicht, ob er geschworen hatte.

Josef und Otto gingen immer geradeaus. Am Stadtrand waren die Häuser kleiner, und manche hatten einen Garten. Außerhalb der Stadt waren nicht nur Wiesen und Wälder, auch dort gab es Häuser. Und dann kam wieder eine Stadt. Die beiden Städte lagen so nahe beieinander, als gehörten sie zusammen. Diese Stadt gefiel Josef sehr gut. Sie war nicht so groß. Die Häuser waren alt und hatten bunte Gemälde an den Wänden. Über den Haustüren standen Sprüche. Manchmal waren sogar kleine Gedichte auf die Mauern geschrieben.

Neben einem Haus gab es einen großen Garten, der war mit bunten Lampions beleuchtet. Viele Leute saßen an Holztischen. Es war eine Gartenwirtschaft. Es dämmerte, und Josef freute sich über den Garten mit den bunten Lichtern. Er ging hinein und sah sich um. Fast alle Tische waren besetzt, nur in einer Ecke war ein Tisch frei. Josef setzte sich dort hin. Um ihn herum war ein lautes Stimmengewirr. Die Leute tranken aus großen Bierkrügen.

Am Nachbartisch saßen ein Mann und eine Frau mit einem Pudel. Erst knurrten Otto und der Pudel sich an, doch dann ging Otto auf ihn zu, und beide Hunde wedelten mit den Schwänzen. „Nimm deinen Hund da weg“, sagte die Frau. Josef rief Otto zu sich und hörte die Frau leise sagen: „Bestimmt hat er Flö-

he." „Und der Junge sieht aus wie ein Zigeuner", setzte der Mann fort.
Auf einmal fühlte Josef sich ganz dreckig. Seitdem er von Zuhause weggegangen war, hatte er sich kein einziges Mal gewaschen. Wenn das seine Mutter sehen würde. Als er daran dachte, wurde Josef traurig. Doch dann lenkten die Stimmen vom Nebentisch ihn ab.
„Rauch nicht so viel", sagte der Mann. „Jede Zigarette macht das Leben kürzer."
Die Frau zündete sich trotzdem eine Zigarette an und erwiderte: „Dann verleide mir mein kurzes Leben nicht mit deinem Nörgeln."

Dann kam ein Mann zu Josefs Tisch. „Ist hier frei?" fragte er und hatte sich schon halb auf die Bank fallen lassen. Josef nickte.
Der Mann war sehr dick. Er setzte sich vollends auf die Holzbank. Der Mann war so dick, daß er kaum an den Tisch paßte. Die Tischkante schob sich fast in seinen Bauch hinein. Über dem Tisch war Bauch, und dann kam eine kleine Falte, wo die Tischkante war. Josef streichelte Otto und beugte sich dabei kurz unter die Tischplatte um festzustellen, ob der Bauch darunter weiterging.

Die Serviererin kam an den Tisch. Sie hielt in jeder Hand drei große Bierkrüge an den Henkeln. Erst stellte sie die Krüge auf den Tisch, dann zog sie einen Notizblock aus ihrer Schürze.
„Sie wünschen?“ fragte sie den dicken Mann.
„Ein Maß“, antwortete der. „Und eine Schweinshaxe.“
Die Serviererin schob einen der Bierkrüge vor den dicken Bauch des Mannes. „Und für den Kleinen?“ fragte sie.
„Das ist nicht meiner“, sagte der dicke Mann.
Die Serviererin sah Josef an. „Was möchtest du?“
„Was kostet ein Glas Wasser?“ fragte Josef.
„18 Schilling.“
„Und vom Wasserhahn?“
„Leitungswasser gibt's hier nicht“, sagte die Serviererin barsch.
„Ach so“, sagte Josef. „Dann nehme ich nichts.“
Kurze Zeit später brachte die Serviererin dem dicken Mann eine duftende Schweinshaxe. Josef wurde ganz hungrig von dem Geruch, und Otto setzte sich vor den Mann und machte große Bettelaugen.

„Nimm den Hund zu dir“, sagte der Mann.
„Das ist Otto“, erklärte Josef. „Komm her, Otto.“
Der Mann leckte sich die Finger und trank einen Schluck Bier. „Die besten Schweinshaxen gibt es in Bayern“, sagte er. „Eine so gute Schweinshaxe wie in Bayern findest du in ganz Österreich nicht.“
„Ist hier Österreich?“ fragte Josef.
„Ja sicher“, sagte der dicke Mann. Er nahm die Haxe in die Hand und nagte den Knochen ab. Dann warf er den Knochen auf den Boden. Otto stürzte sich darauf und verschwand mit seiner Beute unter der Bank.
„Der ist erst mal versorgt“, dachte Josef. Dann stand er auf und suchte die Serviererin. „Wo ist denn bitte das Klo?“ fragte er sie.
Die Serviererin zeigte mit drei Bierkrügen auf das Wirtshaus. „Die rechte Tür“, sagte sie. „Da ist ein Schild.“
Josef ging zur rechten Tür und folgte dem Schild. Erst ging er auf's Klo. Dann stellte er sich vor das Waschbecken, zog sein Hemd aus und wusch sich an Gesicht, Brust und Armen mit ganz viel Wasser und Seife. Er trocknete sich mit Papierhandtüchern ab und zog sich

das Hemd wieder an. Und dann trank er aus dem Wasserhahn. Er trank so viel Wasser, daß es im Bauch gluckste.
Als Josef zurück zu seinem Tisch ging, tat es ihm leid, daß er kein Wasser für Otto hatte. Aber Otto lag unter der Bank und war mit seinem Knochen beschäftigt.

Allmählich wurde es leerer in der Gartenwirtschaft. Auch der dicke Mann ging und nickte Josef zum Abschied zu.
„Wir müssen gehen", sagte Josef zu Otto. „Sonst fallen wir auf."
Aber da kam schon die Serviererin. „Sag mal, Kleiner, was machst du eigentlich hier, ganz alleine?"
Josef spürte, daß er rot wurde im Gesicht. Zum Glück mußte die Serviererin weiter zu einem anderen Tisch, wo jemand bezahlen wollte.
Josef stand auf. „Komm Otto", sagte er. „Schnell weg hier. Das wird gefährlich." Otto folgte Josef ohne seinen Knochen loszulassen. Josef wollte unbemerkt verschwinden, doch plötzlich stand die Serviererin wieder neben ihm. Sie drückte ihm ein kleines, aus einer Pa-

pierserviette gefaltetes Päckchen in die Hand. „Du mußt nach Hause“, sagte sie. „Oder hast du keine Eltern?“
Josef wollte „nein“ sagen, aber er brachte es nicht übers Herz. Stattdessen lief er so schnell er konnte hinaus, das Päckchen in der Hand. Und Otto lief hinterher, den Knochen im Maul. Einige Straßen weiter öffnete Josef sein Päckchen, es war ein belegtes Brötchen darin, und er verschlang es mit Heißhunger.

Ottos Knochen

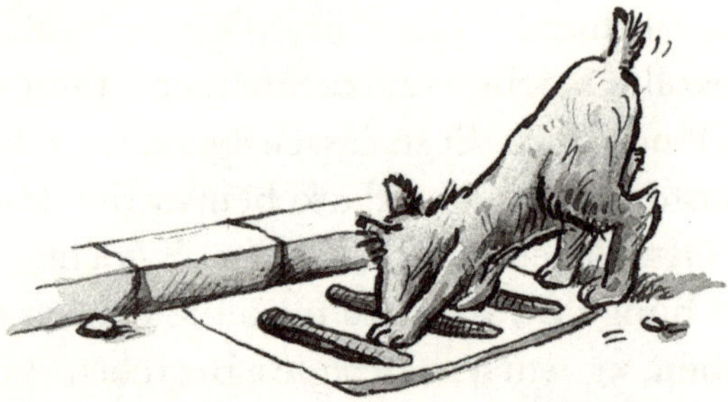

In der Stadt gab es einen kleinen Park mit Wiesen, Blumenbeeten, Sträuchern und ein paar Bäumen. Die Wege waren aus sauber geharktem rötlichen Sand. Es war hell, denn noch spät in der Nacht leuchteten die Laternen, wer weiß für wen. Hier suchte Josef nach einem Platz zum Schlafen. Er fand eine etwas geschützte Stelle hinter einem brummenden Stromhäuschen und breitete dort seine Zeitungen aus.

Als er sich gerade hinlegen wollte, kamen zwei Jungen auf ihn zu. Sie waren um einiges älter als Josef. „Hast du einen guten Platz zum Schlafen gefunden?“ fragte einer der Jungen.

Josef nickte.

„Wir legen uns zu dir“, sagte der andere Junge. Ohne Josefs Antwort abzuwarten, setzten sich die beiden neben ihn auf den Rasen. Sie sagten, sie hießen Hans und Günter. Sie hatten keine Unterlage zum Schlafen. Josef gab jedem ein Stück von seiner Zeitung.

„Ist das dein Hund?“ fragte Günter.

„Ja“, sagte Josef.

„Er ist häßlich“, lachte Hans.

„Ich habe keinen anderen“, sagte Josef.

Günter wollte Otto streicheln, aber da schnappte Otto nach seinem Knochen und knurrte.

„Er glaubt, daß du ihm seinen Knochen wegnehmen möchtest“, übersetzte Josef.

„Was soll ich mit dem alten Knochen?“ fragte Günter und legte sich auf die Zeitung.

„Seid ihr auch von Zuhause ausgerissen?“ fragte Josef.

„Nein“, sagte Hans.

„Oder ja“, sagte Günter. „Wie man’s nimmt. Wir haben Zeitschriften verkauft und in Hotels gewohnt.“

„Und wo sind eure Zeitschriften?“ fragte Josef.

Hans lachte laut auf. „Du hast keine Ahnung wie man Zeitschriften verkauft“, er grinste. „Wir gehen zu den Omas und lassen sie einen

Zettel unterschreiben. Die Zeitschriften werden später ins Haus geschickt. Da haben wir nichts mehr mit zu tun."
„Das ist ein gutes Geschäft", ergänzte Günter. „Die Omas sind dumm und unterschreiben alles."
„Und warum seid ihr dann abgehauen?" fragte Josef.
„Das geht dich nichts an", sagte Hans.
Eine Weile lagen sie stumm nebeneinander.
„Und du?" fragte Günter plötzlich. „Du bist von Zuhause weggelaufen?"
„Ja", antwortete Josef.
„Warum?" fragte Günter.
„Das verrate ich nicht", sagte Josef.
„Du kommst nicht weit", behauptete Hans. „Du hast doch gar kein Geld. Ohne Geld kommt man nicht weit. Ich möchte wetten, du hast keinen Schilling."
„Doch. Ich habe ein bißchen Geld in meiner Tasche."
Dann war es wieder still. Nur das gleichmäßige Brummen des Stromhäuschens war zu hören.
Am Morgen wurde Josef von einer kühlen Dusche geweckt. Im ersten Moment dachte er,

daß es regnete. Aber es war kein Regen. Auf der Wiese stand eine Maschine, die aussah wie ein großer Propeller. Zwei Rohre drehten sich im Kreis und spritzten Wasser auf den Rasen. Josef sprang auf. Zum Glück war nichts naß geworden.

Hans und Günter waren schon fort.

Ihre Teile der Zeitung hatten sie mitgenommen. Josefs Schulranzen stand offen neben dem Stromhäuschen. Die Schulhefte und das Indianer-Bilderbuch lagen noch darin, aber die letzten Stücke Brot und Wurst, die sich Josef aufgespart hatte, die fehlten. Josef tastete ängstlich in seiner Hosentasche. Auch sein 100-Schilling-Schein war verschwunden. Nur ein paar Münzen klimperten in der Tasche.

„Alles haben sie gestohlen“, fluchte Josef und schimpfte mit Otto. „Warum hast du nicht aufgepaßt! Du bist kein guter Wachhund.“

Gleich darauf entschuldigte sich Josef. „Es ist meine Schuld“, sagte er. „Ich war dumm. Wie die alten Omas.“ Er schüttelte ärgerlich den Kopf. „Wie haben sie das nur gemacht?“ fragte er sich. „Wieso habe ich nichts gemerkt?“ Er mußte sehr fest geschlafen haben.

Josef faltete den Rest seiner Zeitung zusammen und steckte ihn in die Schultasche. „So geht es, wenn man nicht aufpaßt“, sagte er klug. „Die Omas kaufen Zeitschriften, die sie nicht brauchen, und uns wird alles gestohlen.“ Otto schien verstanden zu haben, denn er fletschte die Zähne und hielt seinen Knochen ganz fest.

Aber es gab nicht mehr viel, auf das Josef aufpassen mußte. Sein Essen, sein Geld und einen Teil seiner Zeitung hatte er verloren. Das mit der Zeitung war am wenigsten schlimm. Denn etwas war ja übrig. Und außerdem hatte Josef Glück. Auf einer Bank saß ein Mann und las Zeitung, und gerade als Josef vorbeikam, stand er auf und ließ die Zeitung liegen.

„Ihre Zeitung“, rief Josef. „Sie haben Ihre Zeitung vergessen.“

Der Mann lachte. „Danke, mein Kleiner. Ich brauche sie nicht mehr. Ich habe sie gelesen.“

Josef nahm die Zeitung und steckte sie in seine Schultasche. „Davon kann man nie genug haben“, sagte er zu Otto. „Zeitungen kann man immer brauchen.“

Eine Stadt wacht langsam auf, so wie ein Mensch. Ein Mensch räkelt sich, blinzelt und öffnet allmählich die Augen. In der kleinen Stadt ging hier ein Rolladen hoch, dort wurde ein Klappladen geöffnet. Junge Männer und Frauen gingen eilig zur Bushaltestelle. Alte Männer waren auch schon wach, aber anscheinend mußten sie nicht arbeiten, sie saßen auf Bänken, lasen Zeitung oder schauten den Leuten zu. Die Hunde machten ihren Morgenspaziergang, hoben das Beinchen an jeder Straßenecke, und manchmal machten sie auf den Bürgersteig. Vor fast jeder Haustüre lag eine Zeitung. Vor einigen Türen stand außerdem eine Papiertüte. Eine Tür öffnete sich, eine Frau im Morgenmantel sah kurz auf die Straße, und dann nahm sie die Zeitung und die Tüte mit hinein.

„Was ist wohl in den Tüten?“ fragte Josef.

Otto interessierte sich für nichts anderes als für seinen Knochen.

Josef ging zu einer Haustür und öffnete vorsichtig die Tüte. Darin waren fünf Brötchen! Josef überlegte kurz, dann nahm er ein Brötchen heraus. „Es tut mir leid“, entschuldigte er sich leise. „Die Mama kriegt heute keins.“ Zu Otto sagte er: „Die Leute haben Glück gehabt, daß ich kein richtiger Dieb bin. Sonst

BÜCHER

hätte ich nämlich die ganze Tüte gestohlen. Ich habe Hunger genug für fünf Brötchen."

Plötzlich blieb Otto stehen und jaulte. „Was hast du?" fragte Josef. Dann sah er die Bescherung. Einen Augenblick lang hatte Otto nicht achtgegeben, und schon war ihm sein Knochen in ein Abflußgitter am Straßenrand gefallen. Otto kratzte an den dicken Stäben des Eisengitters.

„So geht es nicht", sagte Josef. Er versuchte, das Gitter hochzuheben, doch es war schwer und saß fest und unverrückbar an seiner Stelle. Josef rüttelte und zerrte mit aller Kraft, aber vergeblich. „Nichts zu machen", sagte er. Trotzdem ließ Otto sich nicht überzeugen und steckte seine Nase in das Gitter. Josef versuchte Otto zu erklären, daß es keinen Sinn hatte.

„Jetzt sei vernünftig und komm", sagte Josef.

Aber Otto war trotzig.

„Wenn wir bei den Indianern sind, dann bekommst du einen ganz großen Büffelknochen", versprach Josef.

Aber alles Reden half nichts.

„Das Gitter ist zu schwer", sagte Josef. „Wir bekommen es nicht hoch."

Otto steckte seine Nase nur noch tiefer in die

Gitterstäbe. Da befahl Josef: „Ich gehe jetzt. Und du kommst mit.“

Josef ging weiter. Otto blieb zurück am Abflußgitter. Alle paar Meter sah Josef sich um, ob Otto endlich folgte. Aber Otto ließ nicht ab von dem Gitter. Da setzte sich Josef auf eine Bank, und plötzlich kamen ihm die Tränen. Er fühlte sich allein. In diesem Moment wäre Josef am liebsten umgekehrt und geradewegs nach Hause gegangen.

Aber Josefs Ärger über Otto war überflüssig gewesen. Denn schon nach kurzer Zeit kam Otto angehinkt. Er sah Josef mit großen, unschuldigen Augen an, so als wäre nichts gewesen.

„Du dummer Hund“, sagte Josef. Er sagte es so freundlich, als sei das das netteste, was man zu einem Hund sagen kann.

Einige Entdeckungen

Es war ein herrlicher Sommertag. Der Himmel war strahlend blau, nur manchmal verdeckten kleine, weiße Schäfchenwolken die Sonne. Die Vögel zwitscherten, und ein Kukkuck rief genau 54mal seinen Namen. Dann hatte er keine Lust mehr und schwieg.
An solch einem Tag war es nichts Besonderes, wenn ein kleiner Junge mit seinem Hund im Wald spazieren ging. Es war Freitagmittag, und für viele Leute hatte schon das Wochenende begonnen. Wenn Josef Spaziergänger begegneten, dann sagte er freundlich „Grüß Gott“, und die Spaziergänger grüßten zurück. Als Josef und Otto sich weiter von der Stadt entfernten, wurden es immer weniger Spaziergänger. Josef setzte sich auf einen Baumstumpf

und machte eine Pause. „Schade, daß es im Wald keinen Bäckereiwagen gibt", sagte er zu Otto. „Sonst könntest du wieder ein Brot holen." Josef hatte Hunger.

Otto streunte in der Umgebung umher. Währenddessen nahm Josef seinen Füller und sein Heimatkundeheft aus der Schultasche. Er suchte eine freie Seite. Josef schrieb einen Brief.

Liebe Mama und lieber Papa,
mir geht es gut. Wie geht es Euch? Macht Euch keine Sorgen. Ich gehe zu den Indianern. Da werde ich Büffeljäger und kann Büffel essen soviel ich will. Sagt den Lehrern, daß ich nicht mehr komme. Damit sie Bescheid wissen. Heute morgen habe ich ein Brötchen gegessen.
Euer Josef

Das mit dem Brötchen schrieb Josef, damit seine Eltern nicht dachten, daß er Hunger hätte. Er riß die Seite aus dem Heft, faltete den Brief zusammen und steckte ihn in die Schultasche. Leider hatte er weder Briefumschlag noch Briefmarke.

Otto war immer noch unterwegs. Darum nahm

Josef die Zeitung, die der Mann auf der Bank liegengelassen hatte und blätterte darin.
Auf einmal stutzte Josef. In der Zeitung war sein Foto. Es war kein neues Bild. Da hatte Josef noch seinen gestreiften Lieblingspullover an, den die Mutter in den Müll geworfen hatte, als er sich nicht mehr flicken ließ. Es war eindeutig Josefs Bild. Darunter stand: "Spurlos verschwunden". Josef fuhr mit dem Zeigefinger über die Zeilen und las mit halblauter Stimme. „In der Nacht von Montag auf Dienstag ausgerissen", stand da. „Seitdem vermißt. Trägt vermutlich einen Schulranzen. Seinen Eltern hat Josef gesagt, er wolle zu den Indianern." Und am Schluß stand: „Sachdienliche Hinweise erbittet die Polizei."
Von Otto stand nichts in der Zeitung.
Josef rief Otto zu sich. Es dauerte eine Weile, bis er aus dem Gebüsch gekrochen kam. Josef wollte Otto seine Entdeckung zeigen. Aber auch Otto hatte etwas gefunden: Im Maul trug er eine riesige Salami und ließ sie stolz vor Josefs Füßen auf den Boden fallen.
„Otto!" staunte Josef. „Wo ist die Salami her? Mitten im Wald!"
Otto gab keine Antwort.

Josef hatte so viel Hunger, daß er das Bild in der Zeitung erst einmal vergaß. Er hob die Salami auf und brach zwei Stücke ab, eins für Otto und eins für sich selbst.
Die beiden kauten zufrieden.
„Wir können in keine Stadt mehr gehen“, sagte Josef endlich mit vollem Mund und zeigte Otto die Zeitung. „Siehst du. Das bin ich. Ich bin in der Zeitung.“ Josef riß den Zeitungsartikel heraus und steckte ihn in seine Manteltasche. „Ob die Indianer wohl Zeitung lesen?“ überlegte er. „Dann wissen sie jetzt, daß ich komme.“

Josef und Otto gingen weiter. Otto lief viel mehr als Josef, denn er rannte immer ein großes Stück voraus und kam dann zurück. Die Salami war scharf gewesen, und Josef hatte Durst. Der Weg führte an einem kleinen Bach vorbei, Otto sprang sofort hinein und trank. Josef war vorsichtiger und sah sich zuerst das Wasser an. Otto hatte ein bißchen Schlamm aufgewühlt, aber sonst sah es sauber aus. Da trank auch Josef.
An einem Waldrand blieb Otto plötzlich stehen. Es war, als hätte er Angst weiter zu ge-

hen. Seine Haare sträubten sich. Auf der anderen Seite der Lichtung war ein geteerter Weg, der auf einen kleinen Platz führte. Dort standen vier Wohnwagen und ein Zelt.
„Indianer“, flüsterte Josef. Er ging langsam auf die Wohnwagen zu. Otto folgte ihm zögernd. „Nun komm schon“, sagte Josef, aber auch ihm wurde es nun ein wenig unheimlich.
„Sie haben ganz neue Autos“, flüsterte Josef. „Eigentlich können es gar keine Indianer sein.“ Er dachte nach und setzte fort: „Es sind keine Indianer. In ganz Österreich gibt es keine Indianer. Sie wohnen in Amerika. Und nach Amerika, da muß man über ein Meer fahren.“ Aber dann zweifelte Josef wieder, denn aus dem Wohnwagen kam ein Mann heraus, der hatte schwarze Haare und eine dunkle Haut. Die Haut war zwar nicht rot, aber der Mann sah doch ein bißchen wie ein Indianer aus.
„Ist das dein Hund?“ fragte der Mann.
Josef nickte ängstlich.
Der Mann trug einen kleinen Ring im linken Ohr, und in seinem Mund sah Josef einen Goldzahn. „Man darf Hunde nicht frei im Wald herumlaufen lassen“, sagte er.

„Der Köter hat uns eine Salami gestohlen."
„Entschuldigung", sagte Josef. „Wir hatten Hunger." Er öffnete seine Schultasche und nahm die Salami heraus. „Das meiste ist noch da."
Da lachte der Mann, und sein Goldzahn funkelte. „Ihr scheint wirklich Hunger zu haben", sagte er. „Behalte die Salami. Und wenn ihr wollt, könnt ihr bei uns essen."
Er führte die beiden in seinen Wohnwagen hinein. Der Wagen war eingerichtet wie eine kleine Wohnung. Es gab Schränke, einen Tisch und Stühle. An den Fenstern hingen bunte Gardinen. In einer winzigen Küchenekke stand eine junge Frau. Sie hatte gelockte schwarze Haare und eine dunkle Haut, sie trug goldenen Schmuck, mehrere Armbänder, Ketten und große, runde Ohrringe. Der Mann redete zu der Frau in einer Sprache, die Josef nicht verstand.
„Sind Sie ein Indianer?" fragte Josef.
Der Mann lachte. „Nein, ich bin ein Zigeuner. Eigentlich heißen wir Sinti, aber meistens nennt man uns Zigeuner."
Der Abend war sehr mild, und so konnten sie hinausgehen zum Essen. Die Zigeuner hatten

mehrere Campingtische nebeneinander gestellt. Es gab Brühe und dann gekochtes Rindfleisch mit Kartoffeln. An den Tischen saßen acht Erwachsene und mit Josef zwölf Kinder. Josef aß schnell und hungrig und nahm zweimal nach.
„Du bist ja ganz ausgehungert“, sagte der Mann, der ihnen zuerst begegnet war.
Josef hatte den Mund voll und nickte.
„Ich heiße Andres“, sagte der Mann. Seine Frau hieß Rosita. Auch die anderen stellten sich vor, aber so viele Namen konnte sich Josef nicht merken. Dann sprachen alle laut durcheinander in ihrer fremden Sprache. Josef verstand kein Wort, aber er hatte das Gefühl, daß sie über ihn redeten.
„Was machst du hier?“ fragte Andres. „Ein Junge ganz alleine, das ist ungewöhnlich.“
„Ich bin nicht alleine“, sagte Josef. „Otto ist bei mir.“
„Otto ist dein Hund?“
„Ja“, sagte Josef. „Und wir passen aufeinander auf.“
Andres lachte und redete wieder in der fremden Sprache zu den anderen Zigeunern. Dann lachten alle.

„Ihr braucht mich gar nicht auszulachen", sagte Josef. „Otto ist mein bester Freund."
„Wir lachen dich nicht aus", entgegnete Andres. „Aber wir wissen nicht, was wir mit dir machen sollen."
„Ihr braucht gar nichts mit mir zu machen", sagte Josef.
Andres lächelte. „Erst einmal kannst du hier bleiben."

Als es dunkel geworden war, zeigte Andres Josef eine Koje in einem Wohnwagen. „Hier kannst du schlafen.“
„Und Otto?“ fragte Josef.
Andres zeigte auf den Boden neben Josefs Bett, und er legte sogar eine Wolldecke dorthin. „Ich möchte wetten, daß dein Otto schon lange nicht mehr so fein geschlafen hat“, sagte Andres. Josef mußte ihm Recht geben.

Nachdem Andres gegangen war, blieben Josef und Otto allein im Wohnwagen zurück. Von draußen waren laute Unterhaltungen zu hören. Manchmal klang es fast wie Streit.
„Sie überlegen, was sie mit uns machen“, flüsterte Josef. „Vielleicht wollen sie uns stehlen. Die Zigeuner stehlen nämlich. Oder sie geben uns der Polizei.“
Josef entschloß sich, noch in der gleichen Nacht heimlich den Wohnwagen zu verlassen.
„Wir müssen hier weg“, sagte Josef. „Heute nacht gehen wir weg.“
Zwei Kinder kamen in den Wohnwagen und Josef stellte sich schlafend. Die Kinder legten sich ins Bett.
Bald darauf schlief Josef wirklich ein.

Josef schlief sehr gut in dem warmen Bett. Er schlief so gut, daß es fast schon hell geworden war, als er aufwachte. „Verflixt“, flüsterte er. „Es ist schon Morgen.“ Er sah sich um. Die anderen im Wohnwagen schliefen noch.
Josef stand auf und gab Otto einen Stubs. Er ging leise und auf den Zehenspitzen. Er öffnete langsam die Türe des Wohnwagens und schlich hinaus, Otto hinterher.

„Hallo“, sagte eine Stimme. „Seid ihr schon wach!“ Das war Andres. „Das ist gut“, sagte Andres. „Du kannst mir helfen, wenn du möchtest.“
Er war gerade dabei, einen Autoanhänger vollzuladen. Lauter altes Gerümpel, dachte Josef. Kleine Schränke, Holzregale, Tonfiguren, bunte Teller, Lampen, alte Uhren – der Anhänger sah aus, als hätte jemand den Inhalt eines alten Hauses auf ihm ausgeschüttet. Josef stellte lustlos eine Vase auf den Anhänger.
„Vorsicht“, sagte Andres. „Die ist wertvoll und zerbrechlich. Du mußt sie in Zeitungspapier packen.“
Josef wickelte die alte Vase behutsam in Zeitungspapier. „Ist das alles gestohlen?“ fragte er.
Andres sah ihn verärgert an.
„Wie kommst du darauf?“
„Die Leute sagen es“, erklärte Josef verlegen. „Die Leute sagen, daß die Zigeuner stehlen. Sie stehlen sogar kleine Kinder.“
„Das ist Unsinn“, sagte Andres erregt. „Sicher gibt es Zigeuner, die stehlen. Aber es gibt auch andere Leute, die stehlen.“
„Das stimmt“, gab Josef zu.

„Und von diesen Sachen hier ist nichts gestohlen“, sagte Andres. „Ich habe sie alle gekauft, und ich verkaufe sie auf dem Flohmarkt.“
„Und warum sagen die Leute, daß die Zigeuner stehlen?“
„Das weiß ich auch nicht“, Andres überlegte. „Das haben sie immer schon behauptet. Ich glaube, es ist, weil wir anders aussehen, und eine andere Sprache sprechen. Deshalb haben die Leute manchmal Angst vor uns.“
„Dann sind sie dumm“, sagte Josef.
„Ja“, lächelte Andres. „Manchmal sind die Leute eben ein bißchen dumm.“ Er nahm Josef die eingepackte Vase aus der Hand und legte sie in eine Kiste. „So, mein Junge. Jetzt bist du dran mit erzählen. Was machst du hier?“
Josef zögerte. Dann sagte er: „Ich gehe zu den Indianern.“
„Ach so“, sagte Andres. „Ach so ist das.“
„Ich will nicht mehr in die Schule gehen“, sagte Josef. „Und rechnen muß ich auch nicht mehr. Ich werde Büffeljäger.“
Andres schwieg eine Weile. „Büffeljäger“, sagte er schließlich. „Ich glaube, das ist kein leichter Beruf.“

Schließlich hatten sie den Anhänger vollgeladen, und Andres wollte fahren. Ein Flohmarkt beginnt nämlich schon früh am Morgen.
„Möchtest du mitfahren?“ fragte er Josef.
„Nein“, antwortete Josef. „Ich muß weiter.“
„Du mußt zurück zu deinen Eltern“, sagte Andres. „Bestimmt machen sie sich Sorgen.“
„Ich habe einen Brief geschrieben“, sagte Josef.
„Trotzdem“, sagte Andres. „Aber ich zwinge dich nicht.“
Er setzte sich in seinen Wagen. „Willst du wirklich nicht mitkommen?“ fragte er aus dem offenen Fenster.
Josef schüttelte den Kopf.
„Geh in unseren Wohnwagen“, sagte Andres. „Meine Frau macht dir bestimmt eine heiße Schokolade, bevor du gehst.“
Das war eine verlockende Aussicht, und Josef ging in den Wohnwagen hinein.
Rosita war schon wach, und wie versprochen kochte sie eine heiße Schokolade. Josef trank in kleinen Schlucken, die Schokolade war sehr heiß. Auf einmal hörte er ein lautes Jaulen. „Das war Otto!“ rief Josef. „Er hat sich wehgetan.“ Josef rannte hinaus, und da sah er Otto,

verfolgt von einer großen, schwarzen Katze. Daneben standen drei Zigeunerkinder und lachten. Sie riefen etwas in der Zigeunersprache, vermutlich feuerten sie die Katze an. Otto heulte und stieß auf der Flucht einen Campingtisch um. Zum Glück stand nur eine leere Flasche auf dem Tisch, die beim Aufprall auf dem weichen Boden nicht zerbrach. Die Kinder lachten noch lauter.

„Ihr seid gemein!" rief Josef. „Otto hat sich wehgetan, und ihr lacht ihn aus."

Das verstanden die Kinder nicht.

Josef hielt die Türe des Wohnwagens auf. Otto sprang herein, und bevor die Katze ihm folgen konnte, hatte Josef die Türe zugeworfen.

„Der arme Hund", sagte Rosita. Otto war an einigen Stellen zerkratzt und hatte Blutspuren im Gesicht. „Es ist nicht schlimm", sagte sie. „Nur ein paar Kratzer."

„Die Kinder haben ihn ausgelacht", sagte Josef empört.

„Du darfst das nicht so ernst nehmen", sagte Rosita. „Sie meinen es nicht so."

„Das ist gemein. Wie soll Otto wissen, wie sie es meinen?"

Rosita zuckte mit den Achseln.

„So sind Kinder. Da kann man nichts machen."
„Nicht alle Kinder sind so", sagte Josef. Er streichelte Ottos zerkratztes Gesicht. „Du armer Hinkehund", sagte Josef. „Zum Glück sind deine Augen heil geblieben."
Aber als das Blut weggewischt war, sah es wirklich schon nicht mehr so schlimm aus. Josef trank seinen Kakao aus, und Rosita stellte für Otto eine Plastikschüssel mit Wasser auf den Boden.
Dann nahm Josef Mantel und Schultasche. Er bedankte sich. Rosita sah Josef mit ihren dunklen Augen eindringlich an. „Du mußt heim", sagte sie.
Als Otto und Josef den Platz verließen, liefen ihnen die Zigeunerkinder noch ein Stück weit hinterher.

Der andere Otto

Vom Lagerplatz der Zigeuner aus folgte Josef einem kleinen Teerweg. Otto hielt sich nicht an den Weg, er lief mal ein Stück auf dem Weg voran, dann lief er weit in den Wald hinein, und manchmal dauerte es bestimmt eine halbe Stunde, bis er zurückkam. Es wurde warm, und Josef zog sich den Mantel aus und hängte ihn sich über die Schulter. Er steckte die Hände in die Hosentaschen. Er fühlte die wenigen Münzen und ärgerte sich über die diebischen Zeitschriftenverkäufer. Josef nahm die Münzen heraus und zählte nach. Drei Schilling und fünf Groschen, dafür konnte man sich geradezu nichts kaufen. Als er sie wieder in die Tasche steckte, spürte er ein Papier, das sich am Hosenbein rieb. Hatte er beim ersten Mal nicht richtig nachgesehen? War da doch noch sein Geldschein? Josef krempelte die Taschen nach außen und schüttete den gesamten Inhalt auf den Boden. Es war ein Zettel:

Bäckerei: ein großes Mischbrot.
Metzger: ein halbes Pfund gemischten Aufschnitt.
Bringst du bitte das Altpapier zum Container.

Da mußte Josef lachen und weinen zur gleichen Zeit. Er selbst hatte den Zettel in die Tasche gesteckt. Erst warf Josef den Zettel fort, aber dann hob er ihn zusammen mit den Münzen auf und steckte ihn zurück in die Tasche.

Der kleine Teerweg führte auf eine vierspurige Straße zu und dann immer neben der Straße her. Man konnte die Straße nicht überqueren, denn zwischen ihr und dem Teerweg war ein Zaun. Auf der großen Straße fuhren die Autos sehr schnell. Es war eine Autobahn. Einmal winkten Kinder hinter einem Autofenster, doch meistens erkannte Josef nicht, was für Leute in den Autos saßen, denn die Autos fuhren viel zu schnell vorbei.

Otto hatte sich wieder einmal selbständig gemacht. Zum Glück gab es den Zaun. Sonst wäre er vielleicht auf die Straße gerannt und unter ein Auto gekommen. Josef rief Otto ab und zu, doch der ließ sich nicht blicken.
Der Teerweg endete auf einem großen Parkplatz. Dort standen auf der linken Seite viele Autos, in der Mitte war ein kleines Haus, und auf der rechten Seite stand ein großer Lastwagen neben dem anderen.
„Hier gibt es zu viele Leute", überlegte Josef. Er wollte schon umdrehen, doch da kam ihm der Gedanke, daß vielleicht Otto auf dem Parkplatz war. „Bestimmt klaut er wieder Würste", schimpfte Josef. „Man hat nur Ärger mit ihm." Er ging auf die linke Seite des Parkplatzes. Hier würde er vielleicht nicht auffallen, es gab viele Kinder, die zwischen den parkenden Autos umherliefen. Zwei Mädchen spielten Ball auf einem kleinen Rasenstück.
„Habt ihr einen Hund gesehen?" fragte Josef.
„Hier sind viele Hunde. Wie sieht er denn aus?"
„Er hinkt", sagte Josef. „Er hat helle Haare. Sie sind fast gelb. Und sonst . . . " Josef überlegte. „Wie ein Hund eben."

„Nein“, sagte das Mädchen. „So einen Hund haben wir nicht gesehen.“
Das andere Mädchen rief: „Wir fahren nach Italien. Und du?“
Josef gab an. „Nach Italien, das ist gar nichts. Ich fahre nach Amerika.“ Dann biß er sich fast auf die Zunge und ärgerte sich über sich selbst. Das hatte er nicht verraten wollen.
„Wo ist Amerika?“ fragte das Mädchen.
„Ganz weit“, antwortete Josef knapp. „Das ist nichts für kleine Mädchen.“
„Blöder Kerl!“ rief das Mädchen ihm nach.
Josef ging an allen Autos vorbei, aber Otto war nirgends zu finden. Dann ging Josef auf die andere Seite des Parkplatzes, dorthin, wo die großen Lastwagen standen. „Otto!“ rief Josef. „Bist du hier?“
Die Lastwagenfahrer lachten und machten Witze.
Josef kümmerte sich nicht darum und rief immer lauter: „Otto!“
Da sprang ein Mann vom Führerhäuschen seines Lastwagens und sagte zu Josef: „Dahinten gibt es einen Otto.“
Josef war so verwundert, daß ihm keine Antwort einfiel.

Der Mann ging drei Lastwagen weiter und klopfte an die Tür. „Otto“, sagte er. „Hier sucht jemand einen Otto.“ Und dann ging er wieder weg.

Die Tür des Lastwagens öffnete sich, und ein Mann kam heraus. „Was willst du?“ fragte er.

„Entschuldigung“, sagte Josef. „Eigentlich suche ich meinen Hund. Der heißt Otto.“

„Das ist wohl ein Mißverständnis“, sagte der Mann. „Otto heiße ich auch. Aber ein Hund bin ich nicht.“

Der Mann wollte wieder in den Lastwagen steigen, doch dann drehte er sich um. „Wie sieht er denn aus?“ fragte er. „Der Hund, meine ich.“

Josef versuchte, Otto zu beschreiben.

„Nein“, sagte Otto, der Lastwagenfahrer. „So einen Hund habe ich nicht gesehen. Aber vielleicht kann ich dir helfen.“

Josef durfte mit in das Führerhäuschen steigen.

Es war sehr hoch. Innen war alles ein bißchen größer als in normalen Autos. Otto zeigte Josef ein kleines Gerät mit einigen Knöpfen. „Das ist ein Funkgerät“, erklärte er. „Damit werden wir nach deinem Hund suchen.“ Otto schaltete das Gerät ein und sagte ins Mikrofon, daß ein Junge seinen Hund verloren habe. Dann hielt er Josef das Mikrofon hin, und Josef mußte beschreiben, wie Otto aussieht. Anschließend sagte Otto ins Mikrofon: „Wer den Hund findet, soll ihn an folgende Adresse bringen." Josef sagte nach kurzem Zögern die Stadt und die Straße, in der seine Eltern wohnten.

„Sehr schön", sagte Otto. „Vielleicht hast du Glück. Vielleicht findet jemand deinen Hund."

„Glauben Sie wirklich?" fragte Josef.

„Vielleicht ja, vielleicht nein", sagte der Lastwagenfahrer. „Man kann es nicht wissen."

Josef war sich überhaupt nicht sicher. „Bestimmt ist Otto noch ganz in der Nähe", sagte er. „Ich muß ihn trotzdem suchen. Helfen Sie mir?"

„Wie soll ich dir helfen?"

„Ich weiß auch nicht."

Otto sah auf seine Uhr. „Ich verliere viel Zeit", sagte er. „Ich darf nur bis zehn Uhr fahren. Und ich möchte noch bis zur Raststätte in Deutschland kommen." Er kam nämlich aus Italien und war auf der Weiterfahrt nach Deutschland. In Deutschland dürfen sonntags

keine Lastwagen fahren. Am Samstag dürfen sie fahren, auch noch am Samstagabend dürfen sie fahren, aber nicht mehr in der Nacht und nicht am Sonntag. „Und heute ist Samstag“, sagte Otto. „Ich möchte bis zehn Uhr an der Raststätte sein.“
Josef hörte diesen Erklärungen nur ungeduldig zu. „Fahren Sie ans Meer?“ fragte Josef.
„Ich fahre nach Bremen. Das ist nicht weit vom Meer.“
„Ich muß nämlich zum Meer“, sagte Josef. „Zufällig.“
Otto sah Josef verwundert an, und dann lachte er spöttisch. „Zufällig mußt du ans Meer. Das ist ein Zufall.“
Josef nickte. Er nahm sich ein Herz und fragte: „Würden Sie mich mitnehmen?“
Da wurde Otto unerwartet böse. „Hör mir mal gut zu. Meinetwegen kann jeder machen, was er will. Wer mich in Ruhe läßt, den lasse ich auch in Ruhe. Mir ist egal, was jemand ausgefressen hat. Auch wenn es ein kleines Kind ist.“
Josef protestierte. „Ich bin kein kleines Kind mehr.“
„Das ist mir egal“, sagte Otto. „Aber du bist

von Zuhause ausgerissen. Stimmt das oder stimmt das nicht?“

„Das stimmt“, gab Josef zu.

„An der Grenze gibt es Zöllner“, sagte Otto. „Sie kontrollieren die Autos. Und Lastwagen werden besonders sorgfältig kontrolliert. Wenn sie dich finden, habe ich den Ärger.“

Als Otto zu Ende geschimpft hatte, dachte er nach. „Ich nehme dich mit bis zur Grenze“, entschied er.

„Ist das weit?“ fragte Josef.

„Nein“, sagte Otto. „Es ist nicht sehr weit. Österreich ist ein kleines Land.“

„Und mein Hund?“ fragte Josef. „Ich kann ihn doch nicht hier lassen.“

Otto stöhnte. „Also gut“, sagte er. „Eine halbe Stunde.“

Er schloß seinen Lastwagen ab.

Dann gingen Josef und Otto, der Lastwagenfahrer, über den Parkplatz und suchten Otto, den Hinkehund. Doch dieser war nirgendwo zu sehen. Die beiden gingen auch ein Stück weit den Teerweg, der an der Autobahn entlang führte, und immer wieder riefen sie Otto. Sie kehrten um, als es allmählich dämmerte. „Es hat keinen Sinn“, sagte der Lastwagenfahrer.

Wieder angekommen beim Lastwagen fluchte Otto. „Jetzt ist es doch später geworden", sagte er.
„Es tut mir leid", sagte Josef.
„So schlimm ist es auch nicht", beruhigte ihn Otto. „Aber zu meiner Raststätte komme ich heute abend nicht mehr. Jetzt können wir genausogut hier essen."

In dem kleinen Haus in der Mitte des Parkplatzes war ein Schnellimbiß. Otto spendierte Josef ein halbes Hähnchen und einen Sprudel. Die Hocker an den Tischen waren so hoch, daß Otto Josef hinaufhelfen mußte.
Nach dem Essen kletterten sie wieder in das Führerhäuschen des Lastwagens. Josef setzte sich auf den großen Beifahrersitz, und Otto fuhr los.
Es dauerte nur eine Stunde bis sie wieder anhielten. Dort gab es eine lange Schlange von Lastwagen, und Otto stellte sich mit seinem Lastwagen ganz hinten an. „Hier übernachten wir", sagte Otto. Er klappte die Sitze zum Schlafen ein wenig nach hinten.

Am Sonntag hätte Otto so lange schlafen können wie er wollte. Denn weiterfahren konnte er ohnehin nicht, weil in Deutschland sonntags keine Lastwagen fahren dürfen. Trotzdem wachten Josef und Otto nicht sehr spät auf. Es war ein kühler Morgen, und die Sonne versteckte sich noch hinter dem Nebel. Otto trank Kaffee aus einer Thermoskanne und gab auch Josef einen Schluck in einem Plastikbecher. Der Kaffee war nicht mehr sehr heiß, aber er tat doch gut.

Anschließend gingen Otto und Josef über die Straße. Ein Pfad führte durch einen kleinen Wald auf eine Anhöhe. Von dort konnte man ein Tal überblicken, soweit der Frühnebel das zuließ. Die Ferne verbarg sich im Dunst. Vögel hielten ihr Morgenkonzert. Ein Bach wand sich wie eine Schlange in vielen Kurven. Der Bach selbst war kaum zu erkennen, nur an den Büschen, die an seinen Ufern wuchsen, sah man seinen Verlauf.

Auf der anderen Seite des Bachs war eine Wiese. Auf der Wiese stand ein einziger großer Baum. Im Hintergrund schimmerten Berge im Dunst.

Otto machte eine weite Handbewegung und

zeigte auf den Bach. „Auf der anderen Seite ist Deutschland.“

Eine Weile standen sie stumm da, und Josef sah hinüber. Dann drehte sich Josef um. „Ich möchte nach Hause“, sagte er plötzlich.

Josef kehrt heim

Josef saß auf dem Beifahrersitz des Lastwagens. Er sah aus dem Fenster. Der Frühdunst hatte sich aufgelöst, und nun schien hell die Sonne. Otto und Josef fuhren auf der Autobahn. Manchmal überholte Otto mit seinem Lastwagen einen anderen Lastwagen, dann winkte Josef dem Fahrer zu, und der winkte zurück. Die Fahrt ging immer geradeaus.
„Fahren wir durch keine Stadt?" fragte Josef.
„Wir bleiben auf der Autobahn", erklärte Otto. „Das geht am schnellsten."
Es ging wirklich schnell. Es dauerte kaum mehr als zwei Stunden, bis sie die Autobahn verließen. Dann fuhren sie eine Hauptstraße entlang. Sie erreichten einen Schrottplatz, den Josef kannte. Sie waren in Josefs Stadt. „Hier

ist es“, sagte Josef, und Otto hielt neben dem Schrottplatz.
„Hier?“ fragte Otto. „Auf dem Schrottplatz?“
„Es ist nicht weit“, sagte Josef. „Den Rest gehe ich zu Fuß.“
„Wie du willst“, sagte Otto.
Josef setzte sich die Schultasche auf und kletterte hinunter auf die Straße. Er ging auf die andere Seite des Führerhäuschens. Otto kurbelte die Scheibe herunter und verabschiedete sich. „So“, sagte Otto. „Dann fahre ich weiter.“
Er fuhr in die Einfahrt des Schrottplatzes um zu wenden. Dann drehte er und fuhr auf der Hauptstraße weiter aus der Stadt hinaus. Josef sah ihm nach, bis der Lastwagen verschwunden war.
Josef ging in die andere Richtung. Hinter dem Schrottplatz war eine Tankstelle. Hinter der Tankstelle war eine Ampel. Josef wartete. Dann hielten die Autos an und das grüne Männchen zeigte Josef, daß er gehen durfte.
Hinter der Ampel war noch eine Tankstelle, hinter der Tankstelle war ein Supermarkt, hinter dem Supermarkt waren Häuser. Josef bog rechts ab in die kleine Seitenstraße, in der er

wohnte. Es war noch kein Mensch auf der Straße. Sonntags schliefen die Leute länger, vermutlich waren sie gerade erst beim Frühstück.

Josef klingelte an der Haustür. Mit seiner Schultasche auf dem Rücken stand er vor der Türe, als wäre nichts gewesen und als käme er gerade von der Schule zurück. Die Mutter öffnete die Türe. „Wo warst du denn?“ rief sie und vergaß vor Freude das Schimpfen. Sie nahm Josef in die Arme und weinte.
„Wein doch nicht“, sagte Josef.
Sie gingen hinein. Der Vater saß am Frühstückstisch und las in der Sonntagszeitung. Als er Josef sah, ließ er die Zeitung fallen und sprang auf. Er schimpfte nicht, und er fragte nichts.
Erst am Nachmittag fragte der Vater. „Warum?“ fragte er, aber Josef antwortete nicht. „Wo warst du?“ fragte der Vater, doch Josef blieb stumm.

Am Montagmorgen, pünktlich um Viertel vor sieben, klingelte der Wecker und riß Josef aus dem Schlaf. Josef lag in seinem weichen Bett.

Er drehte sich um und drückte den Schalter des Weckers nach unten. „Noch ein paar Minuten“, dachte er. Der Vater kam und mahnte ihn, die Mutter kam und schaltete das große Licht an. „Du mußt aufstehen“, sagte sie.

Zum Frühstück trank Josef heiße Schokolade mit einem Schuß Kaffee. Er nahm seinen Schulranzen und versuchte, sich zu beeilen. Er erreichte die Klasse, als es klingelte.

Der Lehrer beachtete ihn nicht besonders. Er tat so, als sei Josef nie fortgewesen. Nur die Schüler stellten in der großen Pause neugierige Fragen. „Was hast du gemacht?“ fragten sie. „Wo bist du gewesen?“

Doch Josef antwortete niemandem. „Laßt mich in Ruhe“, sagte er nur.

Nach der Schule wartete Klaus am Ausgang des Schulhofes, und sie gingen zusammen nach Hause. Auch Klaus war neugierig. „Warst du wirklich bei den Indianern?“ fragte er. Josef nickte.

Klaus wollte es genauer wissen, aber mehr ließ sich Josef nicht entlocken.

Als Josef nach Hause kam, sagte die Mutter: „Jemand hat einen merkwürdigen Hund für dich abgegeben.“

„Das ist Otto!“ rief Josef und lachte. „Wo ist er?“
„Ich habe ihn in den Garten gebracht“, sagte die Mutter. „Bestimmt hat er Flöhe.“
Josef lief hinaus und begrüßte Otto.
„Was machen wir mit dem Hund?“ fragte die Mutter, als Josef wieder hereinkam. „Ich denke, wir sollten ihn in ein Tierheim geben.“
„Nein“, sagte Josef. „Er soll hierbleiben. Er ist mein Freund.“
„Ein Hund macht Arbeit“, sagte die Mutter. „Man muß jeden Tag mit ihm spazierengehen.“
„Ich geh jeden Tag mit ihm spazieren“, versprach Josef. „Und in den Ferien ist es schwierig“, sagte die Mutter. „Wir wissen nicht, wohin mit dem Hund, wenn wir wegfahren.“
„Bitte“, sagte Josef.
Die Mutter sprach mit dem Vater. Dann schickte sie Josef in die Apotheke. Er sollte fragen, ob es etwas gegen Hundeflöhe gibt.
Dann wurde Otto, der jammerte und heftig protestierte, in die Badewanne gesteckt.
„Jetzt kannst du immer hier bleiben“, sagte Josef.
Am Nachmittag machte Josef seine Hausauf-

gaben, dann ging er mit Otto spazieren und spielte mit Klaus.
Am Abend, als Josef schon im Bett lag, kam die Mutter zu ihm ins Zimmer. Sie setzte sich auf den Bettrand, und lange schwieg sie. Dann fragte sie: „Wo bist du gewesen?“
„Ich war bei den Indianern“, sagte Josef. „Da ist es auch nicht besser als hier.“
Der Mutter war nicht anzumerken, ob sie Josef glaubte. Vielleicht ja, vielleicht nein. Jedenfalls nahm sie Josef in die Arme. „Nein“, sagte die Mutter. „Bei den Indianern ist es auch nicht besser als hier.“ Vielleicht war auch das gelogen. Vielleicht ja, vielleicht nein.

anrich:*extra*

anrich:*extra* TB 5212

anrich:*extra* TB 5211

anrich:*extra* TB 5205

anrich:*extra* TB 5210